川柳 さわやか
月刊
オール川柳
村田周魚
THE SENRYU KIYARI
川柳きやり
11月号
No.975
川柳総合雑誌
川柳マガジン
5
川柳マガジン文学賞
弥次馬に成りきれなくて怒り湧く
三浦喜代之
中川めぐむ
竹内ゆみこ
宝ニュ
さあ追いかけ
ひがしくるめ
社協た
ぱど
ひがしくるめ
東久留米市
讀賣新聞
ひろば
よみうり文
THE SENRYU SAWAYAKA
川柳 さわやか

川柳に魅せられて

三浦喜代之（76歳）
（平20・4　瑞双　功労）東京都東久留米市

私の趣味は写真と川柳で、日々これ好日です。

私が川柳が好きなのは、人の心の動きを巧みに詠んでいると思うからです。趣味として始めたのは、定年を機にして時間に余裕ができ、少し心を入れてやってみようという気になったからです。それまでは新聞雑誌などの川柳欄を通りいっぺんに読むだけでした。いざ始めるとなると基本以前で右も左も分からず、すぐに立ち往生の始末です。そこで考えついたのが、最初から新聞に投稿するという手段です。上手下手は二の次です。とにかく投稿する、そして継続するということです。

投稿先は読売新聞の東京多摩版の川柳欄です。まず、1年間つづけて可能性を探ることにしたのです。掲載は週1回（年間52週）なので、投稿も週1回としてハガキ52枚を買い、机の上に置き、それからは3句清書して毎週月曜日に投函したのです。もちろん掲載されるのは、「52枚がなくなるまでに、1句でも」との気がありました。それからは「どうすれば巧くなれるのか」と他人の句を読みつつ考えたものです。

そのうち「なるほど」とか「巧い」とか「そうか」などと感じられるようになり、30何枚目かにとうとう私の名前が載りました。嬉しかったです。しかし、その年はそれっきりでした。2年目は1度載ったという張りもあり、また、52枚のハガキを机上に置いて続けた結果、3度掲載されました。3年目は9回となり、「石の上にも3年」という諺に思い至ったのです。

その後は、二桁は欠かせませんが、今に至って川柳の奥深さには「蟷螂の斧」の感じですが、面白さも格別です。そこで思うことですが、好きで始めたら続けることの大切さを改めて痛感した次第です。

平成二〇年十一月十五日
叙勲新聞　第五八〇号　特集号

川柳考

川柳とは、五七五からなる人間諷詠の詩である。

それは、誹諧連歌の前句付から起こり、前句をはぶいても意味がわかる付句が独立して生まれた。宝暦七年（一七五七年）のいわゆる万句合の興行がはじめてである。

川柳の名のおこりは柄井八右衛門（号が川柳）によるが、明治の中期に阪井久良伎、井上剣花坊等の努力により「川柳」と称され、比較的新しい名称である。

一般的に川柳と言えば、なにか面白可笑しく詠んだ狂句まがいもあり、また可笑しさだけが川柳と考えている人も少なくはない。

三要素として目されている「穿ち」「軽味」「滑稽」を要しつつ詠まれている文芸川柳は喜ばしいかぎりです。

川柳句集　翌檜

目次

川柳句集　翌檜

●——宝くじニュース

抽選日馬鹿にする妻のぞき見る
初デート当たる番号みんな見え
デートにも「ちょっと待って」とくじを買い
（ポスター・ポケカード）
イヤなこと忘れさせてとくじを買い
ハッとしてホッと息する抽選日
札いれに札はなくともくじはあり

宮詣《まい》りおみくじひいて次はくじ
抽せん日一枚ごとに息づまり
いわずとも顔がもの言う当たりくじ
妻の読む本をめくればくじのあり
あせってダメあきらめてもダメ福女神
「夢かしら」「かなうかしら」と買いに行き
くじ買うと聞いて身近な人となり

新千年紀心新たにくじの運

東久留米市広報

休肝日その翌日は倍に飲み

食材は包丁さばきに浮き沈み

アワよくば地域おこしに阿波踊り

水滴に景色集めて逆さ見せ

道幅を広げ駐車で狭くなり

晴れた朝妻に布団をはぎ取られ
スタイルを風邪が邪魔する厚着かな
本買って道具揃えてもう飽きる
鯉のぼり泳いでるけど進まない
ウインドーのぞくふりして化粧見る
市広報探す目付きで隅までも
夏バテにスッポンドリンク効くかしら

宴会の活きた目欲しい平社員
青空にしぶさ忘れた柿の色
一坪の菜園育ち賞味され
川改修流水澄んでゴミ目立ち
能弁であったか見直す酒の席
夜行バス首の置き場をもてあまし
言い訳をする程事実と疑われ

特技だとほめそやされていつも損

甘い顔孫の悪口よく育ち

ワンテンポ遅れて踊る習いたて

格安で買ったが置いとく場所がない

逆光をきらめきながら少女駆け

押しつけに不満があるから生返事

テレビには介護の裏の心出ず

民話での村おこし炉があたらしい
グルメ旅一度の味でよくしゃべり

●――――――――ぱど誌

菊の花たべて香りは味となり
もてた夢覚めて女房の目をはずす
雪の山納めきれない宿の窓
境無き雪に線引く始発駅

●——東久留米市・社協だより「敬老」

今日だけかそれも笑える敬老日
敬老日だけでも立ってよシルバー席
敬老は祝日だけの国民性
ケイローってナーニ孫祖父《じい》の膝に乗り
お食事が笑顔じいちゃんママボクも
敬老日子のプレゼント健康器

散歩道介護保険に支えられ　●――旅行読売誌

投函の在る日ポストは活きており

年金に生きる力を予約され　●――ジパング誌

電車から眺める桜来いと言う

封筒に心を閉じて切手貼る

針穴が母の目尻の皺を消す

●――――――オール川柳誌・掲載

一年生顔半分を帽子埋め

もう一段有った筈だと膝笑う

切り忘れマイクの前の独りごと

一人ごと返す言葉も一人ごと

健康具買った当座の二、三日

説明書壊した後で読んでみる
大股で歩く女の颪に逢い
プライドを捨てきれないで老いを恥ず
摘んだ芽の二番手どこか淋しそう
バイキング胃には危ぶむ量となり
追ってくる影が私を前に押す
停年をスーツ楽しく色褪せる

依古贔屓しない片足何故痛む
絶対と口にするから信じない
地球儀を回してみれば裏がない
案内図自分の向きを変えて見る
流れ星科学の話したくない
じわじわと年金の額首しめる
付け睫目尻の皺がこそばゆい

ガラクタになった夫婦で日が長い
耳の垢嫌な言葉の死骸です
野次馬に成りきれなくて怒り湧く
贈られた茶の出所へ鼻を寄せ
下座から上座に向ける品定め
人混みを拾って歩く寂しがり
間違いも気付かずすればどうにいり

お祈りの両手にはさむ片想い

●――――読売新聞〈多摩版〉（二十四市）紙上から

値下りも雲の上なる一戸建て

（一九九四年四月一四日）

替え無くて履いて乾かす濡れた靴

（一九九五年四月二〇日から年間分）

諦めた帰省盆の日電話かけ

すれ違う車が邪魔な渓谷美

バーゲンで自分の力思い知り

（一九九六年一月二五日）

老人に席をどうぞへ子供掛け
用意した弁当雨の未練食い
目鼻だちどかして派手なイヤリング
ワープロを叩いて孫に見直され
無い筈の飲み代亭主槌を振り
混む車内背中のリュック棚へどう
たまさかに妻と出掛けて振り向かれ

見栄っぱり背伸びした分肩の荷に
降りる駅間近になって睡くなり　（一九九七年二月九日から年間分）
ダイエット無縁中間管理職
ハンカチのもて余す汗背を伝う
壁のしみポスター位置を不動にし
連れた子にバスの居眠りおもりされ
子供部屋空いて涼しく虫が鳴き

ひた走る車窓に昔よみがえる
忘れもの信号待ちで思い出し
吊り皮の手の遠くなる五十肩
宴会場先着順に前を空け
霜柱踏んで昔がよみがえる
携帯でガチャンの心伝わらず
レンズ向け待てば夕陽は雲に逃げ

（一九九八年三月五日から年間分）

地べた腰幼児の域を抜け切れず
スポーツ紙通勤時間短くし
通り雨パチンコ損をして帰り
バス停に老人一人立っている
吊皮を素早く攻める頭越し
無言電取って無言で根比べ
父さんは疲れているよ隅の席

髭の伸び手指の腹を泳がせる
肩の荷を下ろしたいのに紐解けず
途中から虫食いとなる終電車
ペンだこが愛想尽かしの文字を書き
片手間のはずの菜園陽を惜しむ
聞き役に徹して人のエゴを知る
整形が他人の心連れて来る

（一九九九年一一月二九日から年間分）

気付いても気付かなくとも梅一輪
噂する目の輝きに引き込まれ
サイン帳まず先書きを読んでから
工面して返しに行けば不在なり
とつとつの挨拶聞き手静かなり
耳打ちは軽い事でも重く聞き
移されたいびきと言って妻はかき

（佳作）

手の語り口数よりものを言い
雑草は踏まれて芯をたて直す
山ぶどう昔の甘味消えており
塩加減過ぎて砂糖を又入れる
青空を寒空と見る職探し
忘れてる賀状の上に浮かぶ顔
食卓に置いたおにぎり違う顔

（二〇〇〇年一月二七日から年間分）

あなただけそんな言葉の裏を知り
厚底の分だけ歩幅おくれとり
プライドが影を引きずり老いて行く
隅の席自分は降りた意思表示
大仏は壊されまいと動かない
ポケットで洗われていた当たりくじ
利口にはなれぬ自分に安堵する

（秀逸）

ネクタイが切れる私をしめている

下心わざとさとらす里帰り

列島がふつふつたぎる五輪報

渋滞の諦め妻の愚痴に似る

頑張って取った資格の力なさ

（佳作・二〇〇一年一月二八日から年間分）

遠雷が人生の坂ふり向かせ

（秀逸）

仕事終え冷えた弁当買い帰る

（秀逸）

相談が妻に行ったか回りみち
棚ぼたは話の裏をつい忘れ
塗りたくる絵よりパレットさまになり
諦めた水族館の魚たち
この蕾咲く日を君と賭けてみる
校庭のユーカリ風と昔呼ぶ
一寸だけ秘密があって口籠る

病院の窓のカーテン動かない　（佳作）
だったら明日もあると慰める
文豪が泊まった宿でいびきかき
聞こえない程度の愚痴で我慢する
定年へ急いだ足にかげり来る
（二〇〇二年二月二八日から年間分）
細い道避ける相手も鏡癖
ひじ枕しびれるころに孫の声

遠い耳何ごとにつけ聴きたがり
行列の真ん中にいる青い空
打つ鍬に土が輝く色になり
瀬戸際で疑心暗鬼の波が立つ
消しゴムの屑に想いが閉ざされる
へそくりの楽しみもない暮らし向き
平凡が幸せと言う不満顔

（佳作）

一鳴きがコンダクターの蝉の朝
釣り人の意図をからかう水面下
新しい靴に我慢を強いられる
口実をみつけきれずに門が見え
買った絵が額の値段と後で知り
ど忘れを意地悪したと僻まれる
退院へ妻は手早く荷をまとめ

（秀逸）

（二〇〇三年一月一二日から年間分）

切株の程よい高さ誉めて掛け

やさしさを持って帰れと梅の花　（佳作）

立読みへお茶はでません紙を貼り　（佳作）

根性の足りない分を親が持ち

新緑を横向きで見る老い二人

冗談が通じないのも時によい

利かぬ口不便であるが意地もあり

約束と言われ重さがズンとくる
追えば逃げ待てば影さえ見せぬ金
騙されて別の私が慰める
セールスの話巧みに壁を塗り
神隠しロマンに聞こえる時もある
錠剤の数ほど病いあるかしら
貯えも余命水割り先細り

（佳作）

（さわやか賞・メダル）

休肝日肝は何しているのやら
（佳作・二〇〇四年一月六日から年間分）
体面にこだわり私消えている
幼子を襟に埋めて雪の国
買わないが記念写真にポーズとり
旅疲れご苦労様と家の風呂
禿かかり養毛剤も思案顔
無風でも頑固をおこす風もあり

再会と言っても彼女孫を連れ

こちらから声は出さない電話取り（佳作）

激辛にコップの水が息つかせ（佳作）

パチンコの儲け昨日の負け言わず（佳作）

おふくろの味の表示で買わされる

親が逝き真っ正面に立たされる

軽い嘘それでもやっぱり気が咎め

定年の朝は心で靴磨き

初雪が霙にかわり灯が濡れる

（二〇〇五年二月六日から年間分）

長電話次第に悩み軽くなり

故郷の母都会なんかと出てこない

（秀逸）

ポストまで手紙の心持ち続け

（佳作）

急に声低くなったな耳立てる

たまさかの鈍行脳がゆとり持つ

説明書そこから先が判らない
風化した墓石の彫りを手でなぞり
同窓会欠ける話はやるせない
花買って夫に何の日か聞かれ
指切りの感触消えぬ五〇年
混浴も今は血圧変わらない
大笑い溢れた涙また笑う

（秀逸）

ダイエット中途半端が板につき　（二〇〇六年一月一〇日から年間分）

反対の人は言われ周囲見る

自尊心老いて何かと邪魔になり

申告をすれば増税具体的　（秀逸）

忠告に念を押させた重い石

下り坂後ろ押される見えない手

狭い道うしろ構わぬ手をつなぎ　（秀逸）

振り出しに戻り体が疲れ果て
つかむ先見えているのか蔓の先
ブレーキの音が一度に振り向かせ
（佳作）
並みの顔覚えられずに苦労する
老いの傘あがった雨が杖にする
無言電ならば無言で電話切る
風呂敷を同級会でみな拡げ
（佳作）

そこだけをスポットライト見よと言い（二〇〇七年二月一八日）

病院に寄るバス客がドッと降り

片思い嫁ぐと聞いて冷めてくる

客帰りとたんに妻は指図する

言い伝え予報を負かし雨となる（秀逸）

年金がうるさくさせる妻の口

振り向けば努力の跡や逃げた跡

高層の非常階段雲に着き
歩まねば何もおこらず道みえず
口喧嘩勝って自炊を強いられる
再婚の届け用紙も再生紙
トンネルの長さで変わる青い空
若いねに二つの意味が惑わせる
相槌が愚痴の半分消してくれ

（二〇〇八年四月一三日）
（秀逸）
（佳作）

腕時計多忙も暇も同時刻
なす程に秘めたる技の底知れず
幽霊が怖いと言えば笑われる
とまり木の無い私は息が切れ
禁酒の日酒に合う物何故か出る
裏口をこっそり出れば犬がじゃれ
一人旅宿ない駅で降りた悔い

（秀逸）

峠道風も上りと下りあり
年金の暮らしに慣れた小銭入れ
（二〇〇九年一月一一日から年間分）
家計簿に消火器などは役立たず
ふんぎりがつかぬ買物妻が決め
孫が来る狸寝入りで起こさせる
道を聞く人が見えない田舎町
（秀逸）
薬漬け妻の薬と間違える

順番が無いのかくじの当たり運

酔い出してマイク幾度も取りたがり

宇宙にもゴミの収集船がいり

言い負けて後で浮かんだいい言葉

同情はしても損得わきまえる

エレベーター美人と二人横を向き

テレビ漬け妻はストレス声尖る

少し無理メタボの隣席が空き

（二〇一〇年一月一七日から年間分）

魚から言わせてみたい釣りの餌

涙目に叱る言葉を折りたたむ

両隣建て替え我が家急に老け

練習を重ねてきたと目で判る

頑張っているが他人はそう見ない

卑怯とは言えぬ逃げきる勝つ試合

再婚を諦め切って介護する
無い袖が奇術師鳩を出して見せ
カードではたまに残高気にかかり
忘れ物戻る費用を考える
鵜呑みした噂語ればうらまれる
三日月のヒヤリ切れそう薄い先
あわてての降車に荷物棚の上

（佳作）

（二〇一一年一月から年間分）

聞かれたら教えはするが群れに居る
（秀逸）

金婚に苦労も一つ屋根の下

責任をもたぬ言い分騒がしい

責任の話になると静かなり

夫宛メールをしたら電話来る

不器用も人に好かれて会楽し

名案と思えど人はとび付かず

（二〇一二年二月一九日から年間分）

責任の所在行ったり来たりする
舞い込んだ義理に予定は背負い投げ
話し下手上手に聞いて引き出させ
パソコンの変換意味は予想外
ＣＭが時好い頃に間をくれる
馬だけが乗り手を置いて走り出す
染めたのね女は怖い目で睨む

（佳作）

悪友と人には言うが真の友

子が相手たまにいい球投げかえす

忘れ物たどる記憶がじれったい　（秀逸・二〇一二年八月二四日迄の分）

●

川柳年鑑・芳文館版

野次馬に成りきれなくて怒りわく　（年鑑三号　二〇〇四年版　雅号・早田清志）

親の夢消してこわして親に似る　（同）

墓参り残像いつも母の笑み　（同）

定年後妻が帰りの時を決め　（同号）

遠い耳何事につけ聴きたがり　（同）

仕事終え冷えた弁当買い帰る　（同）

灯明の揺らぎに父が感じられ　（年鑑四号　二〇〇五年版）

長生きも過ぎれば寂しクラス会　（同）

老い先を思えば欲が少し減り　（同）

とまり木の無い私は息が切れ　（第五号　二〇一二年版）

夢枕母の病を問い合わせ

耐震に妻との暮らし役にたち　（同）

●――――カレンダー・芳文館版

親の夢消してこわして親に似る　（二〇〇五年銀賞　雅号・早田清志）

定年後妻が帰りの時を決め　（同年入選）

五線譜のおたまじゃくしが揃えない　（二〇〇六年銀賞）

老い先を思えば欲がすこし減り　（同年入選）

寄ってくるホタルは逝った母かしら
（二〇〇七年銀賞　雅号・早田清志）

長生きも過ぎれば寂しクラス会
（同年努力賞）

耐震に妻との暮らし役に立ち
（二〇〇九年入選）

止まり木の無い私は息が切れ
（二〇一〇年努力賞）

旅の宿着けばはじめに窓を開け
（二〇一一年入選）

夢枕母の病を問い合わせ
（二〇一二年入選）

忘れよと窓にしんしん雪が降る
（二〇一三年努力賞）

年金に野の花一つある仏間
（二〇一四年努力賞）

● 西武鉄道・でんたび
（ポスター以下同　電車内展示）

四季問わず川越あるく小江戸街
（第二回川越特別賞）

何かある秩父の街に癒される
（第三回秩父ユニーク賞）

近いのに秩父が見せる旅ごころ
（第五回秩父特別賞）

行って知る秩父里山こころ街
（第五回秩父特別賞）

天気よしふたつ返事の電車旅
（二〇〇六年でんたび大賞）

※副賞・長瀞高級旅館二名招待券

故里を秩父で拾い去り難し
（第六回秩父ユニーク賞）

おにぎりがひとしお美味い札所みち
（第六回でんたび応援賞）

●――――よこぜまつり

童心にさせるよこぜの祭り店
（二〇〇四年四月　特選）

●――歯っぴい健口川柳・奥羽大学歯学部付属病院

義歯寝る御苦労さんで水コップ

夢一つ下さい私生きてます
——国立・街かど川柳展
（二〇〇四年一〇月）

ことことと包丁軽い音で起き
——毎日新聞
（二〇〇五年一月）

背伸びしてみても凡人並みで終え
（二〇〇三年一二月　雅号・早田清志）

——川柳さわやか・読売多摩川柳クラブ

図星する女房の勘に腹を立て
（一九九八年二月号から年間分）

正月を終えて病が一つ増え

買いもせぬのにふれたがる妻の欲

ツアーの旅隣同性もの足りず

中古車でお互いさまの見合いなり

捨てようと整理はしたがゴミは出ず

五輪終え日の丸遠く去って行く

窓ガラス空気で叩く交換車

やせがまんでも我慢するダイエット
甲高い子供の声に殴られる
自転車が背中の平和乱し来る
減税も小言も小出し効き目なし
聞き耳をたてた話は横にそれ
のぞき見のつもり客なく買って出る
夜桜のにじむ光を肩に止め

面影を年輪で引く同窓会

名案の不毛国会椅子外せ

白い根が気になる朝の染めた髪

引越してまずコンビニの場所を知り

親の愚痴少し斜めに座り聞く

核実験この青い星屑にする

前の人傘の滴が心ない

アジサイの色が冴え妻は良くながめ
尻カバン振子のような歩きする
番犬も飼い主に似て反りかえる
膝の上置いたザックの底の泥
手で植える田植えカメラの目を開く
ポケットの汗塗れ札にバラ慌て
隣の目気になるページそっと開け

ミニミニを見よがしだけの美人では
吸い口のゆびさだまらず覚えたて
車荷を抱える階段高く踏み
鉢植えの野菜格別賞味する
パチンコの意気込みなんて人軽い
トイレでの挨拶ヤァですれ違う
竿合わせ餌だけ取られ政府案

天災に一喝させる災の国
草野球飛んで畑を荒らされる
仲違い妻戻り減る酒の量
同じ街行きと帰りは違う顔
力まずに生きてきたよな町であり
青空にどん帳引くよう時雨来る
小渕丸しけの波間で先見えぬ

毒物と金融でわくこの日本
沈黙は人に誤解の菌を植え
混む車内くしゃみの菌が遊泳す
あと一つ席は空いたが立ちつくす
背のザック腹立つことを押しつける
女房の演技イメージ格を上げ
恋人は歩幅合わせて それだけで

（一九九九年一月号から年間分）

定年を二度も迎えた愚直なり

ミラージュのゆがんだ顔に己れ見え

あの人がどんな用かと封を切る

送るから言うた本人飲んでいる

腕時計いつもせかせか急かされる

上司の目機転を買った娘婿

風邪薬飲んでからひく本格派

肩の荷がずりおちてくる老いの坂
足の爪立てて冷たい廊下行く
当番日に限って妻に用事出来
コンビニがよいとは言えぬ食事とり
襟元をひやかすような風の足
きつすぎる風へ背を向けあと歩き
杭同士たがいにあたま計り合い

ふり向けば街の素顔がまた違う
引く風邪も高齢層は命がけ
都知事選ネームバリューを底上げる
のびる打者コーチがいじり二軍落ち
核疑惑互いに腹をさぐり合い
一歩前出れば横風頬を打つ
思い込み解けたと思う思い込み

降り立って昔を探す郷の駅

つくろいの笑顔女房いつか知り

チャンネルを黙って替える主導権

都知事選スタート頭金が決め

同窓会過去を手で引き口で引き

手作りと思えば大根艶がある

やり残し明日の予定を積みかさね

嫌だとは言えず無言が精一ぱい
一言の嫌味がその後がらりかえ
写りよさ写真の顔に地を忘れ
かくもまあ噂の人に出合うもの
おずおずと顔を上げれば視線合う
「愚痴るから父さん嫌」言いついて来る
せめて地図見る一時の旅心

お見合いに何かと母は口を出す
庭草の雑草らしく根を広げ
身勝手な車内足ぐみ目がからみ
降りてからハッと気が付く棚の上
人の真似したかと見える生あくび
言うまいと思えば更に意識する
水溜り顔を映してにごらせる

片肘と頬杖いつか板につき
視聴率興味本位にいじめぬく
要領で過ごしてくれば甘くなり
過疎の村蛍にあかり背負わせる
暑いから熱い茶でいい汗をかき
捨てずある名刺の束がやりきれず
いい人と言われ財布がべそをかき

すみません言えば目の角取れてゆき
小手先がもくもく語る職気質
時刻表小さな文字に上下見る
描き足りぬ色鉛筆の芯が折れ
新聞に先立ちチラシめくり捨て
血圧を聴く血圧が又あがり
無理なのか無力なのかをはかりかね

思い出が昨日のような月の冴え
生涯と決めた学習空まわり
花言葉知らない時はただの花
雨降って固まる地ない一戸建て
おしゃべりの口の動きに湧く不信
濡れた傘持って入るか置く不安
旅の宿おかわりをする朝の飯

こんな時言わずもがなの人も居り
日ざし延び畳の色があたたかい
掛けた娘の膝よけきれぬ混む車内
方言に聞き耳立てるバスの中
小さな字自分の名前浮きいでる
賀状書きこの人切ろうか又も書く
年始客来ることもなく寝正月

（二〇〇〇年一月号から年間分）

初夢の縁起担ぎはやめました

弱気だと朝の寒さに吠えられる

馬鹿になる豊かな心それもない

引き際がよすぎて妻の愚痴を引く

こたつ席立たずに取れる物で埋め

バイキング皿に取り過ぎ悔いを食べ

負け惜しみむなしい理屈身が翳り

書き直すミスを好奇に覗かれる

コーヒーに溶けぬ砂糖の依古地見え

厚底の歩くスタイル誰がみる

腹立ちも話上手にかわされる

言い訳で覆い隠した傷うずき

常識の顔がうろちょろする世代

鼻もいい露天の店のダンゴ食う

若いよね意味はどちらか判じかね
言葉尻とらえ無言の食事する
物忘れ半日かけて思い出す
活発に遊ぶ子がいるすぐわかる
この人も高価なカメラさびしそう
酒飲むか綱引きをすね胃の具合
台本を自分でつくる夜が明ける

聞き返す言葉の裏にあやを秘め
新緑にまず洗われた血がめぐり
すり減った靴に心を分けて詫び
スキャンダル遠のくとまた芽が生まれ
心配の子供が母を慰める
二りん草花の名前が引きたてる
色褪せた背広の肩に子が座り

五円でも賽銭箱の重い音
どうにでもとれる言葉を決める語尾
月に酔い夜霧の径は君の顔
摺り減ったネジの山では締められず
裾出しがファッションだとは情けない
今日の日を刻んで朝のパンをとる
本物は上辺に彩を塗り込めず

コーヒーに体試さる朝の味
バスガイド重い心を軽くする
相席は気持ちの外に塀をたて
対話では解決しない金のこと
カラオケが我鳴りになって席が空き
テーブルをたたいて笑う女高生
子に口を出さぬ主義だと逃げている

ぬるめた湯口火あがりに点けておき
補欠だがいずれ出番がきっとくる
渓流の魚寝てても流されず
行楽の人がつく鐘音足らず
旅予約してからの日が軽くなり
いち早く見つけたこちら身を隠す
自己チューのさなぎ育てる親の虫

渓流に長過ぎる竿体引き
秋の風完走の顔ほめてゆく
叱るにも勢いないと効うすい
コンビニのおにぎり愛は引いてある
お歳暮に使う頭は勘がいり
冬日射し奥の畳をなでて行く
片言で通じた英語歩を進め

（二〇〇一年一月号から年間分）

挨拶は山だけ歩き下界降り
二人きり結婚当時も二人きり
初日の出背中を向けて街を見る
北風が寒いとばかり限らない
口下手を自覚するから無口です
家計簿の好みだんだん辛口に
古傷を古傷とせぬ妻の口

棒暗記祝辞のあとの酒が効く
炬燵寝へ風邪も一緒に添い寝する
虫歯には歯ぶらしの毛も拗ねている
風向きで凧が落ちるを声が追い
客かしら覗けば見合う隣猫
外づらがとたんに切れる玄関戸
顔ポスター何処から見てもこちら向き

喋るだけ喋った後の耳持たず

静けさの気づまりはない美術館

切り札を持って見る目にゆとり出来

好きだった過去形になるクラス会

エレベータ知らぬ貴方と二人だけ

慣れればと不器用な手を慰める

咲かすこつ知った筈だがどじな土

言われれば自覚の上に刺が生え
痩せたなと握手する手が体診る
ぼけかしら日毎疑うもの忘れ
熱心が視野を削って意地となり
終盤に意見が時間くい散らす
地べた腰二本の足が欠伸する
律儀ゆえ水割りの知恵注いでやり

自慢にはつくり笑顔で否定する
花見どき過ぎてこっそり山桜
君故に胸の鏡をいつも拭き
根の張りはこんなもんだと杉古道
諦めが未練でならずまた探す
お喋りにネタはころころ舞い上がり
冷えた飯茶漬けで活きる腹の虫

傷口にお前だからと触れてくる

止めてから巧くゆく夢ばかりみる

街灯の真下を行けば影はない

夫婦仲内と外との使い分け

犠牲だと言ったが　どじな悔い残る

後悔はしないと言ったほど無様

ふりだしに整形戻す子が生まれ

怒りには人の心の住む家ない

健康具忘れた訳でないが隅

雲の中不況の山は何合目

ロシア何処自己中の虫北の海

差し花を窓辺に置いて額に見る

人の歳聞くのは止めた若く行く

負けつづけ悔しさ少しずつ失くす

野次馬の心が欲しい時もある

突っ張りに託した自己の青春賦

台風をかき消す様な巨大テロ

巨大橋赤字も大に育ち過ぎ

芒野へ心投げ出し陽に当てる

血管の緩む音する風呂かげん

百円が無いか一円掻き分ける

近道でこんなに迷うとは知らず
水替えた金魚あご引き色を変え
晩秋のベンチで木の葉一休み
脳みそが少し減ったか帽サイズ
グラビアをめくる間だけの待ちがよい
あくせくと働いたにはきれいな手
顔色でハッと気がつく軽い口

タリバンの弾のマークはＵＳＡ
へそくりは日の目を見ないうちがはな
駒繋ぎ残し話題を手繰り寄せ
花園に踏み入って撮る蟠り
この話裏はこうだと絵解き顔
過去の人回遊させる雪が舞う
人前で言わせた詫びは牙を研ぐ

（二〇〇二年一月号から年間分）

幸せを考えながら不安がり
停年後小まめに動く小銭入れ
プライドは日記を借りて擁護する
一輌の終着駅は湯場どころ
背びれ割る包丁一気に尾鰭まで
ペイオフへ及ぶべくない身の軽さ
今の俺だったら出来る自信あり

一〇年の歳月妻が家の顔
君と逢う糸くず付いてない不幸
合併の名のもとみんな吸いとられ
お年玉ちょこんと座る膝小僧
早春を歩きまだまだ老いられず
ポケットの薬孫にはチョコに見え
風呂敷の器用かなわぬ袋物

菜園の一坪に降る雨の色
北へ行く列車の響き厚着する
春霞見えない富士の位置探す
滝のぼる掛け軸鯉の動かざる
素直さにも一つ足りぬ親の欲
播く種に稔り刈り取る様が見え
家計簿が夫婦会話に水をさす

残照を軒にかざして母の声
高慢を見せびらかして鴉舞い
釣りに行く夜明け玄関そっと開け
ゴミの日をネットで包む道を借り
いつも逢う散歩の道へ時間待つ
頬濡らす雨に両手の提げ荷物
聴く耳を途中で壊す嫌味言

一人旅ロマンに夢は狙いすぎ
妻の目が土産産地をしかと見る
定年が欠伸の数をまき散らす
貸した耳関わりそうで聞きに行き
是非もなく後につきたい役もある
夜も更け赤提灯も欠伸する
択一の選択試問運たよる

しまったと割れた破片を添えてみる
書いた字の筆順違い拘らず
生返事気にもとめない老夫婦
造花挿し乾く心で色を見る
口止めがいつか回って元にくる
脱いだらと私見ている衣紋掛け
花言葉から好きになる花もある

敬老の招待状を隠す妻
心まで体重計ははかり過ぎ
口開けの薬古参が隅に居る
聞き捨てにしない役所は花も活き
うっ憤にドアが悲鳴をあげている
立ち膝の中途半端で見る高さ
自信ならあるけどチャンス来はしない

消しゴムの消し残しある傷に触れ
どこ見ても中心端もない地球
見ぬふりは見ているよりも気を使い
通夜の客帰り静かな涙湧く
バランスのくずれた独楽に手をそえる
青空がキャンバスになる君の顔
母が逝き見上げる空の月が泣く

辞書の字へ拡大鏡は行き来する
相槌は聞いているよと嘘をつき
愚痴聞きも人を助ける一つかも
寝たふりと小言言われて起きますか
配達が息吹きかける痩せた印
無人駅老いの律儀で声かける
ファインダーのぞけば花に風が寄る

（二〇〇三年一月号から年間分）

半熟の白身は黄身を抱ききれず
惚れたから引き算はない夢に生き
夕焼けは溜り水まで赤くする
立てた腹寝床に入り横にする
濡れ鼠今また泥はかぶれない
演歌だと素直になれる歌詞がある
勧誘の電話も同じベルで呼び

人柄と無関係かな字の座り
挨拶にためらいのある女連れ
老眼鏡すこしずらして世間見る
不景気の波にただよう櫂もなく
杖を持つ手の位置少し低くなり
夕焼けの道が映えてる里帰り
凪やんで男の顔がくずれ出す

三回忌親の意見がじんとくる
野花名を思い出せずに家に着く
持ち寄った煮物漬物母の会
錆付いたマニュアル今も生きている
出かかって愚痴だと思い席をたつ
打った釘利いているやら中見えぬ
噴水に色つけたがる駅広場

一日の旅をカメラが抱いて寝る
掘割が通り景色を縦に見せ
夕暮れを車窓に寄せる一人旅
反射してやっと掴めた水の色
ノックする束の間息を整える
虫メガネ私の丈も寸になり
パチンコの跳ねる玉にも役があり

拍手の間で縋る片想い

避雷針風呂場に立てて身がふやけ

聴く耳と聞かぬ耳持つ年の功

知恵を出せ無いから上司部下に言い

身勝手も会議で言えば意見なり

同窓に肩書き付いた名詞出す

追い風も後ろを向いて向かい風

夏休み田舎の川に母子づれ
今日も又見事外れた気象庁
成り行きで滑った口の荷を背負う
この先を言えば私も渦の中
階段の途中で先の段数え
止まり木の酒へ演歌が心寄せ
隅の席積乱雲は窓の外

針穴に母の目玉が吸い込まれ
野仏の褪せた帽子に風が揺れ
年金の日にじっくりと値を比べ
点くまでの蛍光灯の息使い
雨降りに旅の心が操られ
野仏をたどって歩く秋の道
蝉の殻落ちてなるかと枯れ芒

秋茄子の花は飾りの無いゆとり
肩書きのとれた名刺は風邪を引き
考えて咲く花なんかありません
巻物の系図の文字は穴だらけ
天気では予報の逆で予定立て
蝶二匹互い違いに空を編み
謎めいた地名も仏も笑顔くれ

止めた酒少しの妥協からくずれ
神棚へくじをあげては夢の中
旅行日の前夜早寝で寝そびれる
木枯らしに弁天様は胸は抱け
時図り偶然とする老いの恋
山の沼秋は水まで燃えている
障子貼り冬の日差しを刷ってゆき

（二〇〇四年一月号から年間分）

ふれあいが欲しい一人旅の酒

袖のあることを気にせぬ晴れ着の子

冬の夜送電線に風が乗り

湯の卵踊りながらに湯であがり

星ロマン見える千個で語り合う

背景の雪が眩しく人陰画

反省というより悔いの軽はずみ

今日だけは不幸知らないクラス会
長電話切って用事は言ってない
かじられた脛は傷口とはならず
金無いと言えば勧誘電話切れ
年金が細りコップをチョコにする
口先はもっともらしく責のがれ
物忘れこの先々を不安がり

日暮れには足向くベンチ職探し
空と海さだかに見えず春日暮れ
春嵐目鼻も皺も一まとめ
記念日よ咄嗟に出ない血のめぐり
余命表迄の貯え使い切り
難しい漢字の名前字から言い
理不尽へ反発出来る力ない

主人です他人の前のしおらしさ
にわか雨魚も岸へ雨宿り
流される心に櫂は手をかざす
理屈では判ると言うが我を通す
居眠りが目覚ましかけたように起き
回転扉よけいな物に気を使い
さらけ出す本音は愚痴と評される

生き上手言われ何でと聞き返す
連凧ははみ出る奴も列に入れ
呼び鈴を押して私の胸が鳴る
気休めと知りつつさする痛む膝
燃え尽きた恋には煙噂ない
ハイハイと返事だけでも軽くする
夢よりは何とか欲しい宝くじ

隅までも見届けていた宴の顔
まずビール暑い喉元落ちつかせ
例のものだけで出されるほど通い
心まで栄養剤は回りかね
雑草をむしれば風が通りぬけ
過疎校は補欠はいない一チーム
身内だと前置きの叔母口悪い

ペーパーの運転免許古希で終え
上衣替え財布そのまま大慌て
背の痒み届かぬ手先不甲斐ない
騙された温泉なのかあの気持ち
火種とは気付かずに言い火傷する
バスよりもあの人見えず気にかかり
気の利いたジョークが言えて角がとれ

ありきたり言葉で別れもの足りず
幼児画にヒントがあった抽象画
（二〇〇五年一月号から年間分）
本当の自分現す悔いるとき
無造作に焼き芋包む新聞紙
むずかしく話すが要は金かかる
病院に行けば病人らしくなり
隠れんぼ背中半分出してやり

昔なら床屋で済んだ式であり
胃の薬後の仕事がつっかえる
仲直りきっかけやはり負けてやり
都合つけ出れば些細な話なり
馬鹿野郎真の友は飾らない
仲裁へどっちも理屈並べたて
家灯り消えたとたんに増す寒さ

割り勘と言い出し難い部下が居る

再会の約束だけはしてわかれ

着任の上司うるさい噂先

遠くから見る突き当り道がある

時々は当たる予報で狂わされ

当てつけを子供に向けて何とする

端がいい集合写真すぐ判る

闇の空灯りが白い雲にする
竿売りの声で干し物取り入れる
旅行から帰れば妻の下にいる
根性と言うが親父の真似になり
身の軽さやはり一枚脱いだ春
一万歩意地は続かず妥協する
頭右ッ第九条が騒がしい

環境の変わり老いには気忙しい
花言葉知らずも花が慰める
ブレーキの利かぬ薬も藁になり
一人言孫が聞いててママに言う
綻びが出かかる我慢深呼吸
苦労だと思う心が疲れ増す
合図など鳴らぬ無人の駅でおり

遺産分け横から妻につねられる

故郷に帰ればみこし担がされ

水鉄砲子から逃げてる若いママ

振り向くと錯覚をする右左

尾ひれ付く噂に好奇心がある

話好き失敗談で笑わせる

民宿の布団上げ下げ妻不満

歳月が鑑定団を蔵に入れ
失敗のいきさつ他人をわらわせる
自己弁護すれば身勝手とも言われ
水張った棚田を覗く月を見る
たまに行く旅など宿は妻が決め
いいときがきっとあるよと励まされ
二人きり箸も静かな食事する

一人っ子親と遊びは物足りず
骨壺に侘しく妻の骨拾う
駆けて来た弁解なれど息静か
鶯が沢の水音低くする
展望台蛇行の河が暴れそう
静電気思わぬとこではじけ出る
作文に自前のチェックしたいママ

童謡を声細くしてクラス会
風邪の床染めてる髪の根が白い
禁酒日と朝の予定が守られず
嫉妬心皮肉が口をついて出る
ときめきを久方に持つクラス会
前職をことばで端に推し測り
あきらめぬ努力がやがて物になる

結果よし途中のミスは軽くなり

父さんは頑張ったけど運が無い

妻の旅衣から始まる数カット

忙しさ健康法と心得る

時効もの話やっぱりクラス会

甘い攻めフォワードの手が見すかされ

アスベスト共に住んでた二〇年

（二〇〇六年一月号から年間分）

定年後暇が郷土の歴史彫る
約束の休みが壊れ子がぐずる
むずかしい祖父も孫には絆される
日記付けその日の顔でペンをとり
珍客と言われる程に合ってない
お願いよされる立場がうとましい
賀状からそれぞれの顔浮かび出る

背信は官のころから育てられ

プライドの置き場掴めず老いみじめ

新妻の炊事エプロン初姿

嫁がせてほんと寂しい酒を飲む

内緒だと言ってた人が噂元

厳寒の焚火交互に前後ろ

流行を追えば私を見失う

信号機足踏みさせる急ぎ足
壁のキズ巧く隠した額掲げ
親の荷を降ろし娘の部屋掃除
襟首を抜ける北風首縮め
狭い部屋空は広いぞ星もある
心配の種が尽きない中で生き
独身に無かった味を娘が作る

重い荷をおろせば肩が浮く感じ
運がないいつものセリフ癖になり
失言に早い取り消しあら立てず
前向きに暮す女の活きた顔
人形が添い寝している一人ッ子
足し算に指まで使う覚えたて
起こされてからの五分にある未練

占いで良いと言われた恋見えず
病院を替えてみる程元気ない
やっと来た諭吉一葉軽い尻
残りもの二度と残さず肥り気味
悔いるため体重計が置いてある
雨の日も先客が居る釣れる場所
長編の終りテンポが早くなり

父似だと言われ育つも父知らず

川岸の踏み跡を行く釣れる場所

立てとまで言わぬ老人前に立つ

墓の守り子供継がぬで悩み増す

娘の偽装親馬鹿それが見抜けない

休日はパソコンの手が土いじり

口喧嘩ドアに無実の罰与え

増税と値上げせり合ういじめ合う
霧の中間近で交わすご挨拶
見晴らしがよくて登山の一休み
山の花庭に移して枯らされる
難しい相談声を低くする
吊り皮でぐらりぐらりと酔い吊るす
諦めがつかないままで眠られず

喧嘩より距離おく方がいいみたい
話し掛けそのまま列に入り込み
ポケットで二日忘れの手紙出す
芒の穂無人の駅によく似合い
不揃いは自然農法だと言われ
入場の無料に付けるアンケート
詰めた席黙って掛ける不快感

逆境に同情されて泣けてくる
忙しい手を休ませず聞いてやり
暖房は未だ冷たい始発駅
デッドボール除けた方へと球が来る
いつからかフイにチャンネル妻換える
髭剃りが合間合間に返事する
謂れない不信の噂怒り湧く

（二〇〇七年一月号から年間分）

前の職話の中で探られる
深い霧通る人影湧いて出る
二十年無事故無違反車ない
大吉をお宮が増やすお正月
登山道踏まれた花のしたたかさ
捕まえる人が捕まる笑えない
豪華には遠い初給の子の奢り

野仏の前に一円ある心
天国や地獄も青い星にある
頭数チョンチョン数えツアー発車
頭数外野を借りる草野球
雨に濡れ静かになった旗降ろす
奴凧右に左によそ見する
薄い髪幾度替えたか効きめない

赤ん坊何でも掴む好奇心
マイペース言うがほんとは追いつけず
地図の棚本は買わない道を見る
白い雲夕陽が染める手際よく
下書きの下書きをするラブレター
隠し芸生真面目だけに面白い
揚げ物の閉店間際安く買い

ありがとう言えば笑顔が返事する
父さんと一緒言う酒ソコが知れ
歯が欠けてリフォームしたい顔になり
それでどう結果の方がじれったい
小町里美人意識が先にくる
一つでも褒めて励ますコツを知り
習いたて乗馬ガッチリしがみ付き

記憶力紙風船が落ちるよう
背中には心の目あり声もある
ボディビル力の程は判らない
強がりは力不足の裏表
星の山私が溶ける一人旅
怖いのは深夜に出合う人の影
収獲期間近くになって警護され

カーナビにせかされ土産買わず着く
やっとこの一人前で辞められる
食べる前宴会席で手を合わせ
危険球一つ手前に穴がある
謙遜へ自信ないのか外される
妻の留守時計と語る夕餉どき
ケータイの電池が切れて手間省け

喫茶店待ち合せする長電話
夏休みげんまん指がからみ付く
下駄履けば素足の自由甦る
必要な嘘もつけずに揉めている
父さんと頭の上で金無心
もたれ合い仕事に精が込められず
家の影風が休める吹き溜り

泳げない足が深さを測らせる

なす程に極める技の底知れず

縫い針が男やもめを刺している

日本酒に切り替えているお年寄り

苦労した話の語りソツがない

派手地味は贈る人より貰う人

パソコンに指の一本迷ってる

気兼ねなく涙流せる深夜劇
明け方の疲れた月が青白い
応援も声がむなしい大差負け
今さらと妻は脅しをかけてくる
冗談も税務署員は笑わない
今だから言える話とソツがない
パトカーのうしろ緊張感がある

（二〇〇八年一月号から年間分）

強くとも長生きすると限らない
医師マスク通いなれても顔知らず
昨日まで賞味期限に揺れている
負けまいとする妻理屈的を得ず
ちぐはぐな櫂には船は進めない
知らん振り知ったか振りの町会議
買い袋両手に抱え蹴つまずく

ワカッタも頼りない子へ念を押す
傷付いた心に塗布の趣味が効き
口止めが隠し通せぬ口になり
商品に付けた笑顔で客が増え
源流をたどれば河の水掬え
優良可虫干しさせるクラス会
赤い糸時期が来るまで繋がらず

今すぐと言わねば子供片付けず
言い訳が素直にきかれホッとする
冥王の星まで消えた訳でない
おふくろを日がなテレビがお守りする
娘からお風呂上がりを叱られる
留守に雨洗濯物に遠慮せず
スリ被害出た放送に確かめる

車にはでるたびママに注意され
正義感よりも告発逆恨み
繰り返すあってならぬの頭下げ
チラシ見てそれから妻は買いに出る
少子化に田舎の母校気にかかり
発想を変えればヒント見つけられ
用心をしてもその上超える口

新社員上司の恐さランク付け

平凡が幸せだとは並の人

年金の浮き輪が沈む保険料

詫びの馴れ演技力など見えてくる

袖の下重いと無理も聞いてくれ

思い出し笑い他人がにが笑い

意見だと言うが屁理屈けんか腰

馬鹿でない風邪を引いてはからかわれ
ツアーの旅傍目に判る偽夫婦
曖昧な笑顔戸惑う元夫婦
習いたて着付け緩いかきつ過ぎる
軽い愛だったらよいが病んでいる
旅の宿漁り火なくし暗い窓
記憶力酔いの落丁まとまらず

すぐ切れる子供は親の生き写し
クラス会いじめた人は忘れてる
序でとは言えない程の物買わせ
言い様で短所も長所にはなれる
パレットを洗うに惜しい色が出来
子が巣立ち部屋は物置狭い家
書き始め楷書はすぐに崩れ出す

剣豪に擬音を付ける刀風

置いたのか百円傘にまどわされ

相槌を打ってくれない勘違い

退職の金がローンで終らせる

歌巧いそれで人気が何故出ない

高飛車に出られて悔し話下手

外面を家でも見せて妻の愚痴

おはじきの昔教える祖母が居る
まだまだとお風呂の中で数えさせ
引出しに小銭さえ無し振り込み日
お笑いも下品に過ぎてテレビ切る
倒産と言われまさかが先にたち
時と場所かかわりなくてニトロ持ち
鶏に民宿泊り起こされる

（二〇〇九年一月号から年間分）

音たてて派手に食べてる美味い蕎麦

戸締りに車掌の指呼を学びとり

神様に逢ったことない手を合わせ

初日の出万歳叫ぶ山の上

長寿国社会保障費よろめかせ

やりきれぬミスは飲む程軽くなり

ジョークにも間合教わるお茶の会

埋み火があっさり消えたクラス会
父さんに聞けば母さん返事する
起こそうと狸寝入りのパパゆすり
聞えても俺のことだと知らぬふり
投函が迷う心に区切りつけ
ややこしいことは年とり嫌になる
絵手紙は重みはないが要を得る

常連に居酒屋あれでことが済み
遠い縁義理のたんびに区切ろうか
不景気がブレーキ掛ける離婚沙汰
外食に反対なのは家の犬
振り向けば汚れの跡がよく判り
鏡から御苦労さんと言われ出す
一滴を振って出してる好きな酒

謂れない当て推量に泣かされる
銘柄の新茶鼻寄せうなずかせ
好機だといつも詐欺師は口にする
生き甲斐と下校に祖父はパトロール
疲れだけクローズアップ病み上がり
早食いを妻が止めてるレストラン
また医院友は趣味かと悪い口

遠縁は義理に区切りを付けさせる

釣銭がたまりニンマリ旅プラン

釣果だとおすそ分けする自慢顔

震災に備えていたが火事忘れ

試合日に体調合わせ雨うらみ

年金で中国産もやむを得ず

定年後自治役員でまた苦労

褒めてこそ子供の顔のさわやかさ

我慢会昔のことと喜寿が言い

頭掻き許してもらう軽いミス

仏壇のほのおが揺れて父叱り

ベルト跡メタボの腹がうとましい

建売りの屋根の上だけ空がある

即席のラーメン袋置き出かけ

二世帯の家に住んでて遠い仲
川の字の昔を想い母介護
窓に寄るホタルに母を想わされ
幽霊の話座興にされている
リセットをしても錆び脳動かない
納得はやはりベテランホームラン
休肝日政治と同じ先送り

言い訳が相手にされぬ妻が居る
一人旅恋とは言えぬ恋もある
切り詰める金もなくなりケセラセラ
山の宿セットにしてる湯と空気
土産店覗けば異国産もあり
ストレスを投げる相手は夫だけ
噂だと言う本人が噂元

残高のさびしい預金旅控え

婿とって気兼ねする娘がいじらしい

どれかしらみんな出し見るカード入れ

駆け込めば急行次は停まらない

雪山を登るに前の靴のあと

お説教耐えたが痺れが足を投げ

医師の前自己診断は口にせず

正論と言うが貴方は自己基準
駅前の祭みこしは派手に舞い
プラカード駅前広場盛り上がり
三輪車パパの手借りて悦に入り
連れる犬躾の程が見えてくる
雲の中右も左もなく下がる
シャッターを叩き不況の風通る

（二〇一〇年一月号から年間分）

齢なりの化粧人柄見え魅力
著名人イベントに呼び箔をつけ
定年で望んだ田舎ままならず
丸太橋渡るに怖い高さあり
パソコンに老いたる指がただ泳ぎ
ポスト迄あれこれ迷う手紙持つ
いい年をしても母には子供なり

試食皿きれいに楊枝だけ残り

気が付いて降りる間もなしドア閉まる

追い越しをされても並ぶ信号機

口答え気弱な父を黙らせる

判ってる口先だけの頑固者

天国に行くにも閻魔仕分けする

我が儘は承知の上で親頼り

海の宿夜明けと共に船の音
時刻表真新しくて無人駅
立ち話散歩の犬はしたり顔
下手な嘘ついた本人にが笑い
子を諭す同じ目線で判らせる
父の日もやっぱり孫にねだられる
店の先地産ばかりを並べたて

彼の目はユカタ着たのに知らぬ振り
気にしてる加齢の臭い妻に聞き
傘たたむ予報の違い雨降らず
信心と言われて困る写経する
元彼に偶然会って会釈だけ
無情雨桜満開むしり取り
マドンナと呼んだ昔を懐かしむ

煽てられ気付かぬままに言う本音

年金に昔を語るお年寄り

言い訳は余計なことをつい挟み

親の背に何も書いてはありません

転ぶのはアッと言う間で手が出せず

金を出し叱られている習い事

パソコンと格闘孫が割って入り

知恵があるヒト科の脳にトゲもあり

譲るため立てば脇からさっと入り

人混みのティッシュ配りへ前に出る

息子より孫の助言に素直なり

ザクザクと西瓜切る音涼しそう

梅雨明け急な暑さに狂わされ

伸び切った輪ゴム切れずにいる未練

自分の名訂正印のある不思議
いい事は遺伝子なのと妻の口
沈黙に表と裏のある栞
冷房と睡魔仲良し駅過ごす
旅終えて財布は硬貨だけになり
マムシの子生まれたてもすぐに噛み
カヤの中狭くも夢は広く見る

遠慮する心をうまくすすめられ
鬼がわら奇麗な人が住んでいる
そっけない返事がかえる倦怠期
予期しない古傷出され口つぐむ
テレビ前子供を置いてママ炊事
仏壇の灯明揺れる母が見え
愛称の公募広告兼ねている

誘われてことわり嘘が上手くなり
徘徊は昔と今の意味たがえ
気持だけ貰うは気持宙に浮き
面食いがやがて飽きたと離婚劇
酔った父演歌一番エンドレス
合鍵を失くして妻の帰り待つ
パソコンの剛情さにはかなわない

（二〇一一年一月号から年間分）

今の差に机並べた時がある
発言を止める視線は見ない振り
盛り上がる宴会なのにもう時間
薄味に作れば醤油付けて食べ
ザックリと魚切りさく活きがいい
メロドラマタ餉支度は点けたまま
水槽で右往左往の釣り魚

雨よがり遠くの山は近く見え
声変り嘘も上手に親まるめ
語尾操作気持そらさぬ宿女将
後戻り出来ぬ言葉のうらめしさ
パン食いの運動会で鼻が邪魔
お祭りの囃しこどもを急がせる
自分流ハタ迷惑をかえりみず

孫とする話は声を若くさせ
分譲地建つ前だから広い空
ソウダケド次の言葉に付箋つけ
通り雨空の片隅晴れている
髭面で頭が薄い七不思議
こだわりを突いてくるから嫌な人
直されて誤字だと気付くこともあり

冗談のうちは良いがと釘刺され
呑んべえは手が震えても溢さない
命さえあればと叫ぶ大津波
何事も勉強だよと定年後
目標を立てて自分を苦しませ
やんわりと注意したのに声荒げ
経験が自信を支え妥協せず

このくじが当たればなどと馬鹿にされ
珍しい客だビールと合図する
お節介なのか相手のしらけ顔
大船を小船が曳いて波止場着け
流れ星その行く先を考える
酒タバコ止めても持病よくならず
妻帰る音にお酒は枕下

渡し守レトロもあって人が寄る
田舎町コンビニ出来て小店呑み
記念日も妻は何かと旅が好き
冗談よ真面目にとられ慌て出す
日当りと畳の部屋を子に貰い
猫を呼ぶ猫なで声が妻にあり
暇つぶしパソコン苦戦腹が立つ

盛り上がる人が休んで静かなり
誕生日老いてはそれも口にせず
旅を終え硬貨溜まれど札がない
席の順家庭と同じレストラン
深情け出世街道棒に振り
駅探し高い建物あたりかな
駅前の広場で獅子が猛り合い

勝ちはない妻のとがめに黙秘権
自分からとび込めなくて会を止め
高台が分けた津波の運不運
ふざけ過ぎ思わぬ責が待っている
無理するな聞いても意地が従わず
子供など当てには出来ぬ今元気
鉢植えの知恵は日向を追いまわす

日帰りの旅行も行けず旅の本
曖昧な夫の返事念押させ
堅い事いうなと言われ口つぐむ
かも知れぬ噂の先が見えてくる
打つ手なし碁盤ザラリと石を掻き
場につられ早い者勝ち買って悔い
定年を待っていたのは妻の方

（二〇一二年一月号から年間分）

だんだんと痒い背中へ手が遠い

波風を立てて私の位置を言い

真に受けた噂話におどらされ

余生とは介護だったと身が悲し

円い輪がいくつか出来るクラス会

円座して上司の言葉軟らかい

身勝手な親は躾をなすり合い

神社前ぶつぶつ言うが願い事
水枯れたダムの底には泥鳥居
入れ歯取り歯磨き急な客が見え
開花時期去年のページ見る日記
親切をお節介だと受け入れず
リストラの予感があって休まれず
努力して出世はしたが家庭不和

車間距離妻の機嫌が解けるまで
鈍行の旅に見る目が新しい
占い師運気があると夢持たす
忠告の名を借りいや味嫌な奴
手抜きなど出来ぬ性格遅れがち
決め球を活かすその前捨てボール
カラオケが苦手二次会遠慮する

試されていると思えば手は抜けず

一言を添えてやさしい母の愛

旅もない年金暮し二人きり

旅話二つ返事の妻の口

口喧嘩妻の勝気に黙秘する

クラス会あったあったの話させ

こだわりを入れた正論押しつける

疑いをはさむ余地なく振り込ませ
聞き上手洗い浚いに話させる
節電に慣れて目につく無駄がある
さわやかな風に葉と葉が語り合い
カバー掛け親父車内でマンガ読む
ガラス越し慌てん坊が顔を打つ
予報など信じないけど当てにする

上天気さい先よいと旅の朝
渋柿の色あでやかへ歯型あり
イベントが泣いているよな雨が降る
同じ趣味気の合う人と限らない
船酔いに渚の土も揺れ続く
はなれ島週一便に村総出
一人旅時間が気まま縛り付け

背中見て何にもないと孫の口
古傷を乗せては笑うクラス会
酒の量減って増えてる飲み薬
責任を取ると言ってもまかされず
自信作展示をすれば並に見え
肝試しそろりそろりの足になる
回顧録時代の流れ暴かれる

外食は妻の好みに合わせられ

病院の消灯早く寝つかれず

定年で小さくなった亭主殿

饒舌に間合が無くて割り込めず

歳月に夫婦の色は白くなり

大臣の失言平なら当り前

漁火が波間一筋縫ってくる

難しい話になると出る欠伸
説明書部厚く辞書と間違われ
向こう山近くに見える雨上り
親真似る子供の仕草笑わされ
忙しい振りをしている人の前
さ迷った揚句台風強くなり
メガネ越し目の玉でかく孫叱る

（二〇一三年一月号から年間分）

予報では晴れだが午後の雨宿り

手加減を知らぬ幼児が髪掴む

町会の役が来そうで会休み

見て作る料理番組早すぎる

先輩と言われた頃がなつかしい

聞いてない互い譲らぬ言葉尻

リハビリの汗は治癒力増してくれ

いい人も人によりけり悪く言う
物事をむずかしくする頑固者
流木の根っこを探す豪雨跡
砂時計逆さが時を積み重ね
うす味に慣れて里のは塩からい
果樹園も道の脇だとネット張り
部活づけ疲れて飯と寝に帰る

感情で叱った後は悔い残る

ゴミ出しに行って戻らぬ立ち話

人の輪に何だなんだの好奇心

定年を境に妻のサーブ権

肩の凝りほぐしてくれる仕舞い風呂

ボケている暇はないよと旅に出る

針の穴前後さまよう老いの糸

酷評に反発心が生まれ出る
歩くのを義務にしている八十路坂
たまたまに出来たパソコン二度はない
編み棒を持って病院待機場所
埒明かぬ会議の基は金にあり
問診に嘘は言えない身の始末
命がけ愛を言ったら笑われる

追い風に機会を逃す石の橋
津波にも耐えた松の木潮で枯れ

●――――川柳きやり誌・掲載

（二〇〇〇年三月号から年間分）

小正月活きた昔の日が惜しい
だんだんとおはちマイクの嫌らしさ
休耕の田にあれこれと知恵を植え
それぞれの歩幅で山を登り行く

反発も萎えて齢だと釘打たれ

苦労した重い一言黙らせる

差別とは言わない寺の女坂

限界をどこで引くかを試される

自分史に傷の言い訳りきんでる

調子いい別れたあとで人の評

入門書やさしく読めて寄せつけず

不用意な一球に泣くこともある
野仏の足許に見る一二円
酒もやめタバコ止めたらボケが見え
不運だと明日の幸せ考えず
先手だがライバルの手を読み違え
根回しに不服はあるが顔をたて
しつこさで知恵のカラスに負けがこみ

ゼロ金利ゼロにも何か有ってよい
この先は貴方しだいと医者が言い
懸命に憶えたつもり脳は錆
コンビニの夜中の灯り嘘がない
盆太鼓遠く聞こえて夕涼み
浴衣着た課長の肩は張りがとれ
風鈴の音に怒りを鎮められ

今年こそ逢おう又書く年賀状
風邪薬きらした頃に又もひき
健康によいと言われて耳をたて
たまの旅雨など降らぬプランたて
相談と言うので聞けば愚痴となり
妻をたて子に気兼ねする老いの坂
折れた花一輪差しで活きかえり

（二〇〇一年一月号から年間分）

不明金一括にする交際費
鈴生りの柿がさびしい冬の空
晴着着たカメラのポーズ皆同じ
身に覚えあって言い訳定まらず
分譲地元日国旗我家だけ
手鏡の中で化けてく今日の顔
友人がぼつぼつ欠けて肩寒い

立ち読みが買いたい本の前に居る

我が道をなぞらえてくる子の歩み

負けたから言うのでないと負けた弁

いたわりへ反骨心を磨く老い

聴き役の方が耐えてるおつき合い

一人旅言う程ロマン縁がない

年を経た夫婦茶碗もいつか欠け

老けたねに軽蔑はない友の声
出来たのかつくり出すのか暇に問う
つばめの巣雨の格子戸閉めさせず
無理やりに五円を探すお賽銭
マイホーム庭は無くとも空がある
アルバムに一番悪い顔で居る
天下だと裸になればチャイム鳴り

寝酒とも言えない程の量になり
字典引くその場限りが又引かせ
運だから巻かれてきたと愚痴で締め
下心見えてはいるが素振りせず
体調を少しくずした片想い
薄い髪気にする程は減りもせず
コスモスに休耕田の衣更え

傘立てに入れると傘を忘れそう

（二〇〇二年一月号から年間分）

厚化粧心の殻を薄くする

おみくじの吉運素直にはなれず

スランプと力不足を置き換える

ドアの位置違って前が後に付き

伝説の池にボートの波を立て

鈍行に乗った感情ずれている

灯の色が雪にこぼれる里の路
妻が出て待ってたように靴を履く
真っすぐに歩いた靴の片辺減り
分け隔てなく音痴にも拍手する
何故かしら嫌煙人へ煙伸び
お代りは旨い一言添えて出す
あっけない別れに捨てた思い込み

誘うのもためらう彼のしゃべり過ぎ
足なみが乱れ又合う二人連れ
義理なのも同じ餞別筆使い
愚痴としか聴かない妻へ意地を足す
こそこそと竿あげさせる空の魚籠
あの人もなどと言っての溝を掘り
朝と夕靴のサイズの律儀ぶり

土産品所産地をしかと見る
冷かしが進め上手の口にのる
深酒にひそんで見える自己主張
指の間を一つ違えて孫の箸
ミスの元言い分通る縄のれん
峠越えどっちの風も舞い上がり
お喋りのそばで自分を見失う

聞き捨てにしない話が活きてくる
人生に明日が見えない幸がある
無人駅灯り一つに心活き
真似ごとも出来ない愚図で世を渡る
幕引きに立ち合う人が先に逝き
定年か趣味の埋み火掘りおこす
半分は額が値打ちの絵画買う

（二〇〇三年一月号から年間分）

拘りを捨てきれないで日が暮れる
結末の宿題父は持って逝き
トンネルに消化不良の灯火だけ
句読点入れた間合で息をする
記憶力よい店員が笑顔する
煩悩があるから明日の夢がある
禁煙をからかうように煙寄る

面倒見秘めたところに触れたがり
途中下車してみなさいと無人駅
カップ酒窓枠に置く旅に酔い
握手にも小劇場の静電気
失業が私の運を喰いつぶす
焦点が傾き出した座をはずす
近道を知って歩幅を軽くする

日和見に気儘な風が胡坐かき
雑踏にまぎれた身でも向きがあり
五円玉投げて祈りを込めている
鍬を手にすれば往時の汗が出る
要領が建前論を挫折させ
泣き笑い多く人間らしく生き
箪笥などめったに開けぬ暮し向き

表札の褪せてる文字に見る暮らし
冗談に託して本音覗かせる
人並みも女仕立ての披露宴
賽銭の音確かめて手を合わせ
見え透いたお世辞は軽い人にする
助手席の声はやたらと危ながり
茶柱も話す人居ずどけて飲み

チャンネルが寝る迄部屋を別にする

年金の日がじっくりと値を比べ

年金は用途小分けてみんな消え

野菜より課題づくりの借り畑

ほんとうの顔は免許に貼ってある

成績は俺の子だったつい忘れ

よい話不安一緒に付いてくる

盃に少し残して間をもたせ
中年の誤解の一つ若くない
発車後に言いたかったを思い出す
柿の実に空の青さが冴えてくる
（二〇〇四年一月号から年間分）
ゴキブリにきりきり目じり吊り上げる
あるがまま育った頃もあるがまま
金槌よ素直に頭打ってくれ

鉛筆のチビは私の好きな色
いつ見ても思いやりなどない鏡
時間表だけは貼ってる無人駅
草伸びて境が見えぬ分譲地
バス停で待つ人みんな右を向き
詫び言葉軽く言われて蟠る
薄い髪風はぶざまに通り過ぎ

嘘になることであっても言う都合
職探し日暮れベンチで首を垂れ
補聴器は雑音までもよく拾え
ここ迄は医者が許した二杯終え
これからは自分の為と古希の会
いい話笑顔が先に封を切り
老いの身は転ばぬ杖が欲しいもの

赤頭巾誰が替えたか道祖神
納まらぬ不満抱えて八ツ当たり
旅疲れ我が家の風呂でいやされる
老人のミスはボケだと決められる
あれこれの健康食を食べ過ぎる
燻ったままで消えてる俺の夢
一人言それでも少し落ち着ける

トンネルの出口は近いうす明り
立ち聞きは前後いきさつ欠けている
嫌だとは言えぬ立場にもってゆき
近道を選び通行止めにあい
介護され情けない身が先にたち
笑い顔心の窓を開けておく
言い訳は重ねるたびに浮く感じ

飲んでいる薬の量が気にかかる
それなりに妻の実家で気が疲れ
仕事終え商売笑顔仕舞い込み
深々の御辞儀に慌て又下げる
髪染めて他人の様な顔になり
生返事聞いていているかと声が追い
体調がよいのか夢はすぐ忘れ

（二〇〇五年一月号から年間分）

無料だとその後のことを考える
目覚しの先に新聞来て起きる
上役の下手なジョークに世辞笑い
冠雪の富士を眺めるゴミ置場
抱きたいが勇気が出ない握手だけ
節々の痛みが夜を長くする
家計簿を付けると金が不足する

寝そびれていらだち時計ばかり見る
頼りない親だからこそ気にかかり
金太郎飴です俺のプロポーズ
夜鴉に病の床をいたぶられ
年寄りの風邪は恐いと寝かされる
公園のベンチ平和も負けて掛け
旅行から帰ればやはり元の妻

耳打ちが相手に疑心抱かせる
電話には出ない頑固な父留守居
肥満体写真に残る青春譜
歯車を廻すと軋む人が居る
自己破産どうも合点がゆきかねる
少子化で祝いの額が高くなり
言い訳を愚痴と受け取る妻の耳

宿題をやっと仕上げた孫を褒め
あいまいな笑顔で近所うまくゆき
きっかけがなかなか来ない仲直り
離婚後の話うなずく同じ友
理不尽に血の逆流が口に出る
正直な人と言われて手抜きせず
紫外線女の顔を武装させ

女坂妻と一緒もくたびれる
雰囲気に走る心を後で悔い
五時過ぎの時計ちょくちょく見上げられ
真夜中の電話咄嗟の胸騒ぎ
かたくなに無言を通す疲労感
禁煙の親父が飴を口にする
趣味だとて波長の違う人は避け

言い訳もだんだん語彙が広くなり
旅プランコースを探す時刻表
嘘少し入れてわき立つ座をつくり
無欲から勝った試合に欲が出る
水を得た魚のように退社する
怒らせた後の言葉に遠慮ある
車座が仲間意識を盛り上げる

（二〇〇六年一月号から年間分）

意見出し出しゃばりだとは気に障る
衣服から始まる妻の旅仕度
期待感練習量が増してくる
同情を引き出したがる語り口
着物から始まる妻のクラス会
たんたんと語る苦労が実を結び
無視という鞭が私を苦しめる

一〇円で素直になれる神の前
負け惜しみ理屈をつけて嫌われる
振り向けば嫌な私が見えてくる
平凡な過去が幸せ膨らます
誘われて断る事情嘘もある
酔い醒まし水道水の美味いこと
つくねんと人を待ってる占い師

団らんを一とき待てた誕生日
言い訳をすぐに飲み込むお人好し
副作用だけが目につく酒の量
自転車の走り歩道を妨げる
化粧にも人柄の出る顔作り
権利だけ主張している顔が見え
念入りに化粧の訳はクラス会

年金を溜めて小さな旅に出る

自転車に傘さす人を遠くよけ

遺跡から昔を出して議論する

我が町は展望台で一握り

孫の留守今のうちだと昼寝する

むずかしい事を上司は軽く言い

宿下駄で温泉街の気に浸り

すぐそこの田舎の道の遠いこと

樟脳の匂いまで着る衣更え

こんなもの百円ショップ見つけさせ

達筆が下手な文句を気にさせず

梅雨晴れの空の青さが目にしみる

人権を隠してしまう飢餓がある

正直に噂を告げて憎まれる

父親の地位を引き合い子の喧嘩
いい話警戒心は始めだけ
手の温み花束よりも感じられ
遺伝子の負荷は塾へと通わせる
友達に勝った喧嘩で気にかかり
責任を避ける言い訳する上司
嫌な人チラッと見れば視線合い

（二〇〇七年一月号から年間分）

未だ続く子のケータイが苛立たせ
バス旅行乗る迄隣気にかかる
新入りを使う方こそ気を使い
好奇心ひそめた声に耳をたて
消した字へ当てる言葉が浮ばない
目覚ましの前に起き出す旅の朝
俺よりも女房褒める友の口

メガネ掛けバランスとれた顔になる
赤い線増えてさびしい住所録
間違いと文句が言えぬ盗み書き
限界を何処におくかで人が見え
ときめきは会った時だけすぐ忘れ
年寄りの喧嘩沽券が生きている
酒が言う自慢話に逆らわず

途中から割り込んでくる的外れ
定年後妻は理髪の腕を上げ
閉店の間際値引きを当てに行き
清水だと流れる音も澄んでいる
謙遜が他人に自信がないと見え
寒いけど春一番に胸拡げ
父さんと飲もう企て乗ってやり

これしきと昔をたてに腰痛め
寂しさも馴れて一人のリズム出来
まかせられ責任ずんと重くなり
感動詞少なくなって年をとり
そっとしておくも親切時により
メールより手書きの文で情が見え
はがゆさに教えるよりか叱り出す

表示より期限は妻の鼻と舌
外食の前の昼食有り合せ
肩の凝り生きてる錆が浮いてくる
コンビニの出入り羨む小売店
美人からマドンナとなる人気者
路線バス病院建って客が増え
思いきり整理の筈が少しだけ

子に注意すればその親睨んでる

久方の田舎の駅は無人駅

ダントツは比べる杭がなく打たず

勝ったので相手を褒めるゆとり出来

筋通す聞えはいいが我を通す

世渡りが下手でも妻に頼られる

趣味の会やはり気の合う合わぬ人

夢だったその一言で諦める
釣銭を溜めては見合う旅に出る
ずる休みほんとの風邪が疑われ
叩いても芯に当たらぬ天下り
相談に乗れば乗ったで後もある
修正がなかなか出来ぬ思い込み
いい旅も帰ればやはり家の風呂

（二〇〇八年一月号から年間分）

臆病が早期に癌を治させる
いつからかノルマになった万歩計
作戦も影響しない実力差
その時はそれでよかったなのに悔い
信じても信じなくとも神は神
アングルを変えれば良さも見えてくる
ついでだと廻り道でも頼まれる

無駄口が時に緊張和らげる
誰にでも歩幅合わせる話好き
減塩の嫁の料理に醤油掛け
ストレスを壁にぶつけて足痛め
お隣りに聞えなくとも声ひそめ
見た目より無難は若く言ってやり
野次馬のつもりで覗き腕まくる

水溜り齢を考え端を行く
空元気最初の威勢何処へやら
出迎えた子供両手に高く上げ
口止めをすれば言いたくなるらしい
ママゴトは親の仕草をよく見てる
満腹を少し悔いてる肥り気味
美味い味明日からにするダイエット

事故現場通り制限厳守する
気の合わぬ人から嫌味よく言われ
見舞して不吉な予感持ち帰る
忘れると言われた筈が根に持たれ
非常口錠はガッチリ錆びている
酔う程に言ってることも千鳥足
年金が引き算の腕あがらせる

迷惑を背負ったザック向う向き

休耕地地主の知恵が花を植え

酒の量医者の言葉は通過点

地下鉄の矢印よくも歩かさせ

ステテコになれば暑さが一つ抜け

ストレスを部下に向けては嫌われる

逢う迄は昔の顔のクラス会

身の丈に合った話で盛り上がり
脇役に助けられてる七光り
ボケの初期ジョーク通じぬことで知り
老い先のマイナスばかり気に掛かり
少しだけ意地悪注意好きな人
成績とクラス人気は一致せず
褒め言葉テレビグルメは皆同じ

不器用を腰の軽さでカバーする
鈍足を父は晩成だと感じ
過疎となり御輿を担ぐ人集め
子に賭けてそれがニートはやりきれず
体力の落ちた分だけ口が埋め
喜寿からは米寿にかかる坂きつい
紅さして鑑賞期限先伸ばす

（二〇〇九年一月号から年間分）

尻に敷く夫運転中で立て
伸び切った輪ゴムに俺が当てはまり
駄目元で出した作品賞を取り
無遠慮な視線血圧すぐ上げる
便利器具遠ざけているボケ防止
傷付いた心隠すに厚化粧
空の壁ぶち割る如く稲光

定年を境に趣味が加速する
霊魂の体験談がゾクリさせ
失言につけ入れられて収まらず
好きな人好きだと言える夢の中
いつの間か娘に頼る口になり
諍って妻は夕餉を知らぬ振り
風邪で寝る妻は命令口調とり

懐古談どっと弾けるクラス会
国訛りガイドが真似て笑わせる
カードでは口座の預金使い過ぎ
録画して二度とは見ないテープ増え
輪になれば会話上司も円くなり
我が子だけ気儘なママに教師泣く
雰囲気が言わせた言葉後で悔い

買いものに親を誘って払わせる
口許を片手で隠す入歯前
目立ちがり仲間の顔がしらけてる
歯に衣を着せて誤解の元になり
図書館の見たい所が剥ぎ取られ
謙遜を引っ込み思案軽くされ
やきもちを少しやかせて腕の中

子も巣立ち家のローンもやっと終え
よい柄の値段を見てはその場去り
格子戸を毎日磨く宿場町
不器用の自覚あるから後ずさり
誕生日余命減ってるのに祝い
人よりもロボット仕事確かなり
髪型を変えても夫知らぬふり

気が付けば終電ちゃんと乗っている
（二〇一〇年一月号から年間分）

似合うかは他人の評が確かなり

気の弱い子供叱るに語を選び

いい話諸手の後に来る疑心

フラダンス腰にリズムを乗せ踊り

水切りを子供に教え競い合い

節約が美徳の時代なつかしい

親だから返す言葉に遠慮ない

生き甲斐と言った趣味にも壁がある

日記にはならず三日をまとめ書き

盆栽を見せたい棚が道に沿う

今は愚痴やがては牙になるおそれ

長電話口出し出来ずメモを見せ

肩叩き小遣い欲しい孫の知恵

反抗期判るが言葉許せない
ダイエット薄着の春が早過ぎる
不景気を忘れて祭り意気盛ん
潮騒が山家育ちを眠らせず
締りない口で歯医者と受け答え
運命に延命装置逆らわせ
水着など昔無かった川遊び

向日葵の向きを太陽皆集め

里がえり帰り重たい土産物

嫁ぐ日が近づくにつれ娘は素直

定年後田舎嫌いが失せている

身分証ペーパー免許大威張り

大臣の椅子をゆさぶるスキャンダル

グループが我がもの顔でツアー悔い

割り勘で下戸に一言詫びを入れ

忙しい言っているのに長電話

口答え叱る言葉を更に入れ

免許証喜寿を境に身分証

味見する顔まで少し傾かせ

駅通りティッシュ配りは人仕分け

狭い庭それでも蝶はやって来る

嫁がせて帰りの夫口きかず

あの人の十八番は避ける曲選び

嫁褒めて幸せそうな人にされ

ワンマンの父も母逝きさびしそう

一病を抱え無理せず生きている

少し飲む始めの言葉棚に上げ

検索をしても出て来ぬ錆びた脳

マイペース時刻表には無視される
人が見え夫婦喧嘩に水が入り
たかがとは思う演歌に胸打たる
祭礼の寄附金半ば強いられる
食べた後待っているのは薬漬け
アレコレと名詞を言わず用が足り
引越しに思い切らせる合わぬ服

（二〇一一年一月号より年間）

難病の子供抱えて余生ない
雨上り湿る心も晴れてくる
家を継ぐ子供の声に張りが出る
憂鬱は雨が降りそう膝痛む
外見で仕分けするからバカ言われ
親子程ちがうが趣味が近づける
居座った寒さ炬燵を抜け出せず

揉めるなど考えもせぬ思い付き
誘われて勘定又も持たされる
反論に見方一つを教えられ
ジョークさえ真面目にとってお人好し
若作り度が過ぎ品位疑われ
七転び八起きで意地を又固め
どの顔も神社詣では真面目なり

乱筆とあるが達筆麗しい

三段の波打つ腹に湯が溢れ

忠告にしては悪意が透けて見え

起きがけに空を見上げる旅の朝

プライドが自縄自縛でままならず

くるま座で話も丸くなっている

孤独死を怖れ電話は枕許

飼い主が犬の運動引きずられ
数ミリの段差も気付く老いの足
聞き直すことも面倒生返事
仕舞風呂今日一日を省みる
質問も出来ない程に判らない
愚痴っぽい話いつしか誇らし気
乞われての助言やっぱり気を害す

若作り後ろ姿が隠せない
経験で自信を付ける一つずつ
節電を心掛けたらそこかしこ
隠蔽に心砕いて先を見ず
子の喧嘩理屈は抜きで兄叱る
常識と言っても今はそれでない
依頼され消しゴム握る祝辞書き

立ち入った話をせまるお節介
無礼講言わずもがなで左遷され
目覚しを手の届かない所置き
命さえあればと言うも空し過ぎ
オバさんと呼ばれ聞えぬ振りをする
打算から合意たやすく議論終え
あの人のオハコは誰も歌わない

（二〇一二年一月号から年間分）

筋道を立ててうるさい奴にされ

一合の酒に百薬入れてある

想いだけ先着させて帰省する

俺流も人から見れば勝手過ぎ

外面を家でもしろと妻不満

高齢者挨拶までが歳をとる

長らえる介護邪険を戒める

プライドを下げる努力は倍かかる
酔った文字ときどき見える日記帳
ときどきは忘れて薬飲まず済み
日記帳だけには嘘をつけず居り
頼られて責任迄も背負いこみ
冷静な措置がいつしか頼られる
散歩道吠える犬居て遠まわり

カーナビで覚えられない道を往く
途中だが話を替える人が来る
買って来た金の成る木を枯らしてる
軽いミス作り笑いでごまかされ
この地球表も裏も騒がしい
喜寿過ぎて休肝などは止めている
飲み過ぎと声に棘ある妻の口

買わせたい作り笑顔にはまり込み

出涸らしを出してもお茶は茶ではある

嘘だとは言えない空気変化球

断りの言い訳下手で笑わされ

退院の日にはやさしい妻が居る

負け試合ファン過激で罵倒する

デパ地下で献立決める夕御飯

おしどりも家の中では口喧嘩
詫び言葉誠意がなくて根は枯れず
口喧嘩母と嫁とに場をはずす
満点に活き活き語る子の瞳
頼むにもためらいの出る顔の色
嫌な奴先に気付いて道を替え
血圧に塩の加減を減じられ

消しゴムの角がなくなり熟慮する
挫折感努力の跡を踏みにじり
休肝日友は知ってて今日は来ず
二次会の参加顔ぶれ見て決める
（二〇一三年一月号から八月まで）
目標に齢が顔出し挫折する
一人欠け二人欠けてくクラス会
理屈から言われて意地が貌を出す

見栄っ張り吐息は家の中でする
朝ドラに多忙の妻は一休み
不器用は親の遺伝と口答え
無視なのか気付かぬ筈のないパーマ
人災も天災にして言いのがれ
会話聞き夫婦でないと好奇心
呼び捨ても気にはならないクラス会

特売日満腹になる冷蔵庫
誕生日老いに余命が偲ばされ
下積みの苦労が後のいぶし銀
愚痴一つ自分に向けてバネにする
自慢して相手知らずの軽はずみ
職探し中途半端の年が仇
煽て上げ人の財布で酒を飲み

屁理屈をまともにさせる口達者
オプションの費用がかかる安い旅
なり手ない役頼まれるお人よし
声だけが頼りにされる霧の中
自分からボケでいるねと先まわり
反省はしたけど次に生かされず
趣味仲間終わりに酒の会となり

キーを打つ娘の指は考えず
体調を電話の声に乗せている
老いたなと互いに語る酒の量
そんな暇ないとことわる野暮の向き
よく喋る割には浅い妻の知恵
正論も利権がらみで右左

●——川柳マガジン誌・掲載

要領がよかった人の早く逝く

玩具手に時代の波を肌で触れ

一休み自分の影に腰を掛け

使い皿古伊万里と知り慌てだす

方言の判らぬ意味は顔で読み

酒の量落ちた同士で酒になり

釣糸が切れて魚の運を言い
間違いの電話か故意か出れば切れ
春霞菜の花畑避けている
藁掴む気持が鬚を掴ませる
宝くじ当たらないから続けてる
湯上りの裸夫は野次を入れ
披露宴祝辞も晴着きせられる

二日酔い記憶まばらで繋がらず
趣味がある居場所見つけた定年後
黙祷に咳をするのもはばかられ
アゴ紐をかけてやる気を覗かせる
聞き役でじっくり人が見えてくる
靴先に偵察させて払う金
勧誘に妻は留守だと言えば切れ

隠しごと言うなと言えば言いたがり
試験紙を立てて地球の汚染見る
こんなにも破算宣告掲示板
銀世界北海道が来いと言う
天下りタバコの煙多すぎる
拾うなよ時限爆弾かも知れぬ
佳い景色撮るに滴へピント合い

愛護とは車に乗せることでない
立ち話隣近所を洗い立て
待ち合わせ何時も待つのは俺のほう
森の中何やら主が住んでいる
梅干が助けてくれる嫁の味
何となく唄が出て来るもの干し場
印付け忘れてしまう酒の量

俺の子が東大受ける気ではいる
宿題でパパの力は知れたもの
難病に出来得る限り手をつくす
風向きが妖しくこちら吹いてくる
心臓が飛び出しそうに好きな人

●——キヨセ会

暗いから幽霊みえず怖くない

おだやかな海の先には怖い国
海鳴りに山の子供は眠れない
習いたてキイの一つに力入れ
明日こそはなどと言うけど空手形
明日言わず今からやれと言う小言
秋晴れに心の憂さが忘れられ
古いとは言えぬお米を届けられ

月の夜愛を届ける二人きり
写真集孫のヤンチャをよくからめ
飲酒事故エリートコース棒にふり
つまずいた小石を蹴れば根が深い
新米の炊きたて御飯パン買わず
米農家猛暑の夏はありがたい
頬っぺたの子供の御飯ママが食べ

スタートで揃う間を取る競争馬
酒の席口下手などと言わせない
虹の橋宙に浮いても崩れない
土に虹里の鎮守が低く見え
朝のパン困るは家に犬が居る
鼻が邪魔パン食い走り横辷り
米のパンしっとり感で口に合い

今社長アルバム見ればひなびてる
アルバムに母の幼い頃がある
紅葉に先を忘れる旅になり
案外と手相が当たる誘いの手
寒の朝霜に澄んでる青い空
霜が降り菊の黄色が活きている
霜柱音まで楽し登校の子

妻だから喧嘩出来るが飯はない
井戸端が園児送迎場所を替え
門構え出入りあちらと矢のしるし
ラジオでの二十のとびら無いテレビ
破魔矢手に帰りを急ぐ雪になり
普段着と重ね見間違う初詣
初詣帰れば年賀ハガキ待つ

スタートの前にトイレへ二度三度

短距離の躓きゴールまで響く

スタートの胸の高鳴りキスに似る

なり手ない役のくじ引きだけ当たる

畳替え職人肘に胼胝が見え

受身する畳の音に技が見え

新築の一間は畳親の部屋

掛軸の前に一輪梅が活き
梅の枝花びら落ちて小鳥居る
兎小屋建てた当座は俺の城
机には額をいれてる人が居る
大臣の子供の頃は同じ席
机などいらぬ川柳のめり込み
姿見に後ろ娘の目を借りる

腕組めばよせよと照れてほどかれる
すべてよし満足感か笑みをよび
無人駅明かりが一つ静か過ぎ
時刻表貼り紙一つ無人駅
来る度に駅前ドッと人が散り
ライバルと人はいうけど仲が良い
我を張って喧嘩もしたが共白髪

よい知恵が胡坐の膝をハタと打つ
転んではママに甘えの泣きっ面
事故に逝き子供の顔に齢はない
十円も忘れはしない返す人
鉢植えにしても襷の自然体
散歩だが徘徊すると人は見る
返すあてくどくど説いて金を借り

移された風邪のお返し別な人
お神輿に汗が飛び散る夏祭り
遠囃子夏のスダレを濾してくる
変わらない筈の年の差老いぬ妻
子供だけ寄っては花火遊びする
絞るよう汗で担ぐは夏神輿
汗一つ流さず叩く減らず口

蟻の穴津波が来ても動じない
手話なのか蟻の行列崩れない
七転びそんなに私転ばない
陰口を捌いてみれば嫉妬心
ベテランの腕が頼りの大ピンチ
腕に縒りかけても料理ままならず
二の腕を自慢している力瘤

あの世から呼びはすれども耳遠い
焦りだす相手にゆとり湧いてくる
二三歩が抜けずに走るゴール前
親し気に話している恋敵
お見舞いの果物なれど食べられず
りんご落ち私も落ちた理工学
ダイエット食後果物控えさせ

見合いして振り子のように決めかねる
美女よりも齢で動悸がよくおきる
聞き捨てにすれば悶着なくて済み
噂だと顔を寄せ合う低い声
雨曇り明日の旅が憚られ
どんよりと曇れば膝が疼きだす
立ち話孫に急かせる腰を折る

面白い当たりそこねがヒットする

子の病い身に替えたいは母心

二拍子に続く祈りは本音だけ

大学の受験一役神社負い

髪を刈り負けた試合にケリを付け

聞くと見る育ちで違う人の評

今日飲まぬきめても破る友が来る

無口だと思えば酒が喋り捲く
外見にとらわれ人を見誤る
鬼瓦意外と優し人が住み
難病のこの子残して逝かれない
言い訳は殴り返したから喧嘩
子の喧嘩負けて泣き出し兄は逃げ
慰謝料か昔三下り半で済み

我慢して来たがこれ迄世帯分け
二分咲きに花見の客はもう酔わせ
山桜夕べほのぼの花明かり
旅の朝空が泣いてる気が滅入り
錆止めも効かぬ腰には替えがない
約束に見えぬ彼女の事故懸念
靴の音声はせずとも迎え出る

声だして読んではいるが意味知らず
孫の声玄関口で甲高い
口下手を笑顔に変えて話の輪
留守中の妻の化粧が気にかかる
知ってるか先に念押す語りぐさ
染めたのを知らずに髪の黒さ褒め
昵懇で物の貸し借り口一つ

里帰り幼なじみの嫁の口

蟻のよう妻には知れぬ宮仕え

もう少し夢の中なら食べている

そろそろの嫁入り前に介護劇

難題を先に送って後手を踏み

酒の席自慢話を三度聞く

孫自慢人それぞれの爺になり

プロの真似マイク仕種ののど自慢
あと一字掴み損ねた宝くじ
鬼ごっこわざと掴まる好きな人
星掴む手付している赤ん坊
アトリエで絵筆台風荒れ狂い
居眠りが出来かかる頃次は下車
村芝居人情劇に涙する

万札をくずしてみんな羽根が生え
サンダルを履いたお客は金がない
花師範野の花活けて空を切る
歩道上自転車たくみ人を縫い
自転車の走る明かりに虫は止み
さっき迄騒いだ子等は塾に行き
激論に机とんとん痛かろう

親に似た子供諦め孫に賭け
食べ過ぎてお腹痛いを叱り付け
ダイエットなどと言うから腹が空く
単身へ亭主だんだん遠くなり
風評の美味いラーメン人の列
入れた水過ぎてお粥に仕立て上げ
通り過ぎはてなハテナの人となり

駅一つ町の看板花を植え
旅の中駅に名前の知らぬ像
包丁を持った妻には逆らわず
お酒好き猪口の残りを振っている
喋る妻夫無口でウマが合い
喋らされ祝辞の宴横に逸れ
丸バツのテスト判らず賭けになる

老い二人仲は良いけど留守もよい

終りには又逢いましょうクラス会

子の漢字お知り合いではお尻合い

悍馬尻寄るな触るな蹴りが来る

こんな夜母を偲ばすこぬか雨

続投で夫婦喧嘩はケリをつけ

告白がいいと限らぬ夫婦仲

仲立ちが見合いのうしろ指で丸
水芭蕉花の名所は山の中
オイで良いことはなけれどオイになり
歩く幅違えど妻は追いて来る
難聴でみんなが笑うから笑う
杖一つ転ばぬように老いの足
九回の裏もベテラン凡打する

学童の写生の先はレトロ調
海の園初夏を喰っては若葉萌え
励ましの言葉も力湧いてくる
借金をのびのびさせる口達者
妻の愚痴近ごろ俺のことばかり
大股で闊歩するから母小言
共白髪無理を言うなと無毛頭

あとがき

川柳的素質は、私には無いと思う。しかし続けることは出来る。よく例え話に「馬鹿は馬鹿なりに、下手は下手なりに」とも言われるようだが、私には馴染める言葉である。これは決して馬鹿とか下手でよいということではなく、それなりに頑張れば、その中に楽しみも見い出せ成果が得られるかもしれない、ということだろう、と私なりに解釈をしています。

川柳の面白さは詠まれた句が人の心が対象で、人情・風刺・機微があり、とにかく成程と思わせられ、「うまい」とうならせる共感があります。

そんなところに魅かれ、最初は宝くじニュースなる月刊誌への投稿を何度かしたところ、時には掲載されましたが、それだけのものであって、勿論基礎的な知識もなく「盲蛇に怖じず」のものでした。

その後は、六十歳の定年後で、時間的余裕が持てるようになってからのものです。

下手は致し方ないもので、今は無力を嘆いています。投稿は読売新聞の多摩版（二十四市）二〇四句と併せて二〇八三句で川柳雑誌、他雑誌、広報誌、川柳結社会誌などで下手なりの楽しみ方をしています。

ここには八十歳までのものを載せました。雑誌など一時期もありました。

今見ると汗顔の至りですが、反省も一つの勉強と心得ております。

三浦喜代之

二〇一四年四月

【著者略歴】

三浦　喜代之（みうら・きよし）

昭和7年（1932）岩手県一関市（旧摺沢町）に生まれる。

地元の高校を卒業後、農林省（旧）の出先事務所に勤め、昭和27年5月に警視庁拝命、平成5年に練馬署刑事課長代理にて退職。

この間、柔道四段他剣道居合杖道を計9段、その後、東京交通安全協会で囲碁二段取得、趣味として写真、川柳に凝る。

川柳は新聞（204句）、雑誌、他での2083句の発表あり。

平成5年　警察功績章。

平成20年春　瑞宝双光章の叙勲（天皇陛下拝謁）成る。

現住所

〒203－0041　東京都東久留米市野火止3－19－9

翌　檜

○

2014年5月12日　初　版

著　者

三　浦　喜代之

発行人

松　岡　恭　子

発行所

新　葉　館　出　版

〒537−0023 大阪市東成区玉津1−9−16 4F

TEL06−4259−3777 FAX06−4259−3888

http://shinyokan.ne.jp/

印刷所

株式会社アネモネ

○

定価はカバーに表示してあります。

ISBN978-4-86044-560-7